황규환 제5시집

저물어가는 시간의 사색

초포 **황규환** 제5시집

저물어가는 시간의 사색

한누리미디어

| 自序 |

시골 농촌도시에 내려와 詩를 접하며 살아온 날도 꽤 수월찮이 되었다.

도시라고 하여도 들과 산, 그리고 목장이 많은 곳이다.

아침이면 일어나 들로 산으로 산책을 한다.

과수원을 지나기도 하고 호수 옆을 서성이며 아침 해를 맞이하기도 한다.

봄이면 농사준비에 논둑을 태우는 연기가 평온하고 닭이 홰치는 소리와 산 밑 먼 마을에서 들리는 개 짖는 소리가 한없이 평화롭다.

햇살 고운 봄날이면 졸방 제비꽃과 꿩의 바람꽃이 때로는 때죽나무 하얀 꽃이 야산계곡에 꽃을 피우고, 노란 양지꽃이 봄, 여름 소식을 전하면 어느새 하늘 매발톱의 푸르던 잎에 붉은 단풍이 곱다.

석남사란 절에서 해설을 하며 시간이 날 때마다 명상을 하고 시를 썼다.

늘 접하는 자연 속에 몸도 마음도 건강해졌다.

날이 갈수록 자연과 친구가 되기도 하고 스승이 되어 많은 것을 배우기도 했다.

많은 문인들도 찾아와 격려와 축복을 빌어주기도 했다.

특히 대종사 원공 정무스님을 만나 스스럼없이 차 한 잔을 놓고 향기로운 대화를 나누는 시간으로 풍부한 건강과 정신세계를 맛보았다.

지내온 시간을 곰곰이 생각하니 참으로 잘한 일 중 하나라 생각하며 틈틈이 모아둔 시의 탈고를 끝내고 한없는 부끄러움을 감추고 시집 제5집을 펴낸다.

2022년 순교자 성월에 草布

차례

제 1부 자연을 벗 삼고

제2부 겨울 산에 올라

차례

제3부 산골 소년과 풍뎅이

제4부 동행의 길

차례

제5부 깨달음의 순간들

제6부 나는 아직도 춥다

차례

제 7부 어둠은 암흑이 아니다

제 1 부

자연을 벗 삼고

인간은 대부분 생업을 마치면 전원생활을 꿈꾼다
복잡한 도시에서 탈출하여 한적한 시골에 묻혀 자연을 벗 삼고
붓글씨를 쓰거나 책을 읽으며 조그만 텃밭을 가꾸기를 좋아한다
시골로 내려온 지도 십년이 흘렀다
간간히 보고 느낀 자연의 숨결을 적었고 여기에 남긴다

길손

길을 묻는 나그네
대답 대신
빙그레 웃는 들꽃 한 송이

물 흐르는 대로
바람 부는 대로
떠도는 구름 한 점

푸른 솔수평이 밑에
떠나는 돌미륵 하나
황혼의 긴 그림자가 서서히 뒤따르네

오수

여름 날 점심을 먹고 난 후
바람이 시원한 느티나무 그늘에서

낮잠 한숨 자고 싶어
누웠지만 잠이 오지 않네

하던 짓도 자리를 펴 주면
하지 않는다는 옛 말씀이 꼭 맞다

땡볕에 늦매미 소리가
낮잠을 자지 말라고 한다

하루가 가고 또 오고

여름 맑은 날
참나리 꽃에 호랑나비가 날고

겨울에는 흰 눈이 내려
육각형의 무늬 가진 눈의 신비

그날은 모두가 황홀했던 날
한 해가 저물고 새해 새날이 밝았다

유럽속담에서

신학을 배우면
신앙을 잃어버리고

철학을 배우면
이성을 잃어버리며

윤리를 배우면
양심을 잃어버린다 했다

유명한 신학자가 평생 교회에
한 번도 가지 않고

철학자의 생각이 엉뚱하며
많이 배운 사람이 형무소에 넘치는구나

옥수수나 먹어라

11살짜리 손자 녀석
손재주가 좋아 맥가이버라 부른다

여름날 고장 난 선풍기를 보고
더워하실 할머니 생각에

"할머니 선풍기 고쳤어요
더 고칠 거 없나요"

"됐다 거기 쪄 놓은
옥수수나 먹어라"

향적봉 찬가

향적봉아 네가 있어
늘 그려보는 구천동 마을에
항상 가고픈 마음을 적시는 그대여

숲내음에 떨리던 추억의 환호성이
소마다 넘쳐 흐르는 우리들의 생명수에
다람쥐가 쪼르르 달려와 품에 안긴다

송뢰가 들리는 솔바람 속을 거닐며
가슴 깊이 나누던 정다운 얘기에
평생을 같이할 사랑으로 남으리라

세월은 흘러도
금풍의 향적봉처럼
항상 맑고 푸르게 빛나리니

어느 등산길에서

언제 또 올지도 모를 이 계곡에
생강나무 잎이 푸르고
맑은 소(沼)에는 버들치가 한가롭다

산에 오르기도 힘든 시절이 되었다
어지럽고 산뜻한 기운이 별로 없다
전에는 숨도 차지 않았는데
조금만 걸어도 허벅지가 뻐근하다

그래서 옛 어른들의 모든 것에는
때가 있다고 했나
마음에는 산봉우리에 벌써 갔어야 하는데
오솔길을 따라 천천히 올라도 힘에 겹다

쉬는 사이 다람쥐의 맑은 눈을 보며
시원한 바람에 힘들어도 잘 왔다는 생각
보이는 것마다 애착이 가고
언제 또 볼는지 몰라 풀과 나무와 바위들

모두를 가슴에 새기고 싶은 풍경이다

맑은 계곡물소리, 지저귀는 산새소리
바람이 스치는 나뭇잎 물결소리
이 모두가 소박힌 교향곡으로 즐거우리라

빈자리

처음부터 빈자리가 아니다
부모님이 계셨고 너와 나의 추억이
오랜 세월이 지난 뒤의 빈자리가
허공을 울려도 아무런 메아리마저 없구나

같이 보내고 머물던 자리
기억이 남아 있는 한
빈자리는 없는 줄 알았는데
흐릿한 기억에 망각이 빈자리를 만드는구나

꽃 진 자리에 열매가 맺히듯이
아득한 곳에 우리의 영혼이
쉴 만한 곳이 어디쯤 있을까
이제까지 살아온 곳보다 쉴 수 있는 곳

나는 너를 위하고 너는 나를 위해
서로 빌어줄 빈자리 하나 만들면 좋겠다
어지러운 세월이 지나서 산뜻한 정신으로
햇살이 곱고 맑은 공기를 숨 쉬는 그런 곳이면 좋겠지

숲의 노래

나무만 모여 있다고 숲이 아니다
풀과 나무가 어울려 있다고 숲이 아니다
숲에는 산짐승이 살고, 산새가 노래하며
풀벌레가 종일토록 바쁘게 움직여야 한다

나비와 벌이 날며 바람 불고
옹달샘이 재잘대며 흐르는 도랑물과
갖가지 꽃을 달고 열매가 익으며
겨울에는 겨울잠을 자는 요정이 살아야 숲이다

숲이 우거진 언덕에 집을 짓고
산바람에 갖가지 산나물에 머루주를 따르는 곳
산 그림자 지는 저녁이면 굴뚝 하얀 연기로
그리운 소식을, 달이 뜨면 노래를 부르던 곳
한여름에 쏟아지는 폭포수가 있어야 숲이다

딱따구리의 나무 쪼는 소리가 경쾌한 숲에서
한겨울 국화차를 끓이는 정갈한 초옥에
세월을 잊고 잔잔히 늙어가는
인자한 웃음을 웃는 노인이고 싶다
건너편 숲에서 솔바람이 불어오니 참으로 마음이 맑다

한절골 명절 끝에서

해가 저물고 하늘이 곱다
하루가 끝나는 시간
정다운 저녁시간을 보내면
하루의 피곤을 풀고 평안의 밤이 찾아온다

밤에는 별이 빛나고
하늘에 흐르는 구름도 고요하다
바람마저 잠들고 짐승도 새도 모두가 잠든 밤
밤이 있어 다 써 버린 힘을 위해 충전할 시간

여명도 잊고
산뜻한 새날이 다시 시작이다
산봉우리에 솟는 햇살 따라
바람도 재를 넘고 시작하는 아침나절

새로운 꿈
힘찬 동력으로 눈이 반짝인다
오늘 하루도 뜻대로 이어지길 바라며
웃음 띤 반가운 얼굴로 인사를 한다

*한절골 : 대전시 중구 대사동(大寺洞)의 옛 이름

이 찬란한 봄에

지난 겨울의 혹독한 추위를
이기고 나온 여린 봄꽃들의 향연과
출렁이는 봄 바다의 춤사위를 보며
감사의 마음으로 두 손을 모읍니다

보리 싹이
한 뼘쯤 자라나면
아지랑이의 부드러운 기운을 마시며
종달새 부부도 가정을 꾸미나 봅니다

하늘 높이 떠
아기의 옹알이처럼 지저귀는 소리에
훈훈해진 가슴은
한없이 행복하여 꿈길을 걷습니다

기쁨과 생기 나는 삶에
오늘도 행복하여
당신이 베푼 아름다운 선물
감사를 드리며 이 순간을 고이 간직하고 싶습니다

파도에 실려

너의 생각을 실어 밀려오는 해조음
가슴에 쌓이는 그리움의 율려(律呂)
황혼으로 가는 길은 더 없는 시간의 흐름
어제도 그랬듯이 왔다 가는 격정의 그림자

뜨거운 몸에 맨발로 달려와
차가운 너의 품에 와락 안기고 싶다
머리가 산뜻한데 바위에 붙어 사는
따개비의 푸른 해나루 추억이 멈춘다

한적한 서해 오천의 바닷가
닻을 내린 그녀와의 신혼살림집
수녕은 그녀의 어머니가 잘 모르는 세월에
처마가 예쁜 날 황혼의 빛에 기도는 평화롭다

또다시 찾아올 새벽의 신선함이
밤새도록 밀어올린 조개껍질에 심해의 소식이다
태양이 떠오르는 아침에 결심을 돛에 올리면
푸른 바다의 파도소리에 나부끼는 손길이어라

늦가을의 조바심

바람이 부는 가을날이다
쏴~ 숲정이를 스치는 바람소리에
귀얄진 봉우리와 나무들의 허리가 굽는다
산새도 풀벌레가 자취를 감추고
나뭇잎이 파도처럼 물결을 친다

송뢰로 산뜻했던 하늘마저 흐려지고
음산한 기운이 스미며 겨울이 찾아오는지
얄궂은 세상을 탓하듯
엄한 할아버지의 목소리가
안방에서 들려오는 듯하다

잠이 깬 이른 새벽 늦가을에는
동이 트는 여명조차 달콤한 게으름을 피우는지
하기야 추분이 지난 것이 언제던가
조바심을 내는 농부의 겨울걷이가
재촉하는지 솔잎에 이슬이 맺혀 영롱하다

어머님과 호박잎국

돌연 서리가 내려 냉해를 입은 식물들이 있다
두릅잎도 호박잎도 그렇다
서리가 내릴 무렵이면 어머님은 호박잎을 딴다
집 담장에 올린 호박넝쿨을 뒤지며
곤드래미가 달린 호박순과 여린 호박잎
어린 호박까지 딴다 이제 올 호박농사는 끝이다

된장을 풀고 어린 애호박은 주먹으로 깨 넣고
호박잎은 숭덩숭덩 찢어 멸치를 첨가하여
파와 청양고추를 조금 넣어 맛을 맞춰 솟구쳐 끓이면
일 년에 한두 번 먹을 수 있는 늦가을 호박잎국이다
가신 지 사십 년 그 시절 먹던 가을아침 식사
풍성했던 호박잎국을 어디 간들 맛을 볼 수 있을까

무서리 내린 올가을
맨 먼저 어깨가 축 처진 호박넝쿨을 보며
오래 전 화목하던 우리 집 식구들이 생각나고
특히 어머님의 끓여주신 호박잎국이 간절하다
어머니! 늙은 아들은 지금도 어머님을 찾습니다
언제 어디서나 늘 그리운 어머님이십니다

동면저수지의 겨울추억

꽁꽁 언 1월의 동면저수지
새벽의 세찬 추위 속에 상쾌한 공기를 쐬며
시합장이 될 500m트랙의 스케이트장을 만든다
빙판 위에 쌓인 눈을 쓸고 빙질을 고르게 하기 위한
물을 가지런히 뿌린다

추운 날씨에 빙판 갈라지는 소리가 경쾌하게 퍼지면
스케이트를 지치는 모습이 눈에 선하다

살처럼 빠르게 지치는 스케이트의 행렬
줄지은 오리 떼처럼 스치는 모습이 그림 같고
오뉴월의 집을 옮기는 개미떼 같은 젊음의 율려
박자에 맞춰 한둘 한둘, 바람 가르는 소리에 꼬리가 길다

내뿜는 입김과 심장처럼 뜨겁게 뛰니
겨울의 운동치고
이만한 운동이 있으랴
군생활의 젊음시절 한 때가 경쾌하게 하늘을 스친다

바람이 분다

오늘은 내 가슴에 바람이 불어온다
옛날 인디언이 살던 초원에서 부는 바람
잣나무 숲에서 불어오는 푸른 바람
태백의 산을 넘은 태평양의 높새바람이 분다

사랑의 애절한 노래와
한이 서린 슬픈 가락의 바람과
들꽃의 가녀린 향기의 바람
어린 날 고향에 불던 오동나무 매캐한 꽃바람이 분다

이 가을이면 깊은 골의 노란 산국향도
메밀밭의 하얗게 빛나는 그리움도
가끔 까치가 날아와 쪼아 먹던 감나무에도
불타듯 붉던 산사의 단풍도 모두를 마음에 담던 날

초봄의 초록빛 강물의 그리움보다 짙은
노란 은행잎이 떨어져 쌓이던 저수지의 뚝길에
하늘거리던 코스모스 무리들을 휩쓸던 가을바람
몇 해고 쌓인 가을풍경이 푸른 하늘에 바람으로 된다

가을은 가는데

맑은 가을 날
햇살이 좋아 엄마는 이불을 빨아
빨랫줄에 널고 바지랑대로 곧추세운다

소년은 호기심에
펄럭이던 이불 홑청 사이로 스며든다
밝다! 천국 같다 햇빛 냄새가 싱그럽고
아늑한 고향집의 추억이 몰린다

바지랑대 그림자가 비친다
맨 꼭대기에는 잠자리 한 마리가 앉았다
엄마의 목소리에 천국을 벗어났다
하늘은 푸르고 높이 뜬 비행기 한 대가
소리 없이 날아간다

어린 소년은 앞동산으로 뛰어오르면
옻나무가 빨간 옷을 입고 때때옷을 자랑한다
진달래의 단풍 붉은 잎도 씩씩하다
건강한 가을소년은 동안(童顔)이라니
아마 백 살을 기약하나 보다

벌써 내년 가을이 기다려진다

제2부

겨울 산에 올라

오늘은 산수화 같은 소태재에 와 서니 산봉우리마다
빼어난 모습이 마치 한 폭의 그림으로 가슴을 설레게 한다
지나칠 수 없어 사진 몇 장을 담는다 볼수록 빠져드는
마음에 시간 가는 줄 모르고 발아래 펼쳐진 풍경에 넋을 놓는다

— 〈겨울산에 올라〉 중에서

구례포 바닷가

먼 길을 달려와
해송 숲을 지나고
해당화 핀 모래언덕을 넘어
바닷가 모래사장에 우뚝 섰다

쏴~아 들려오는 파도소리와 확 트인 바다
밀려드는 바람소리에 가슴은 부풀고
끝없는 수평선에 눈길을 보내면
대륙에서 보내는 소식에 그리움이 솟는다

백사장 끝자락에서
파도를 먹고 자란 굴껍데기로
바윗돌에 비밀의 그림이 새겨지고
멀리 지나가는 뱃고동에 손짓하는 나그네

지난 여름에 머물던 청춘의 함성과 열정은
어디로 갔는지 사람들의 발자국은 지워지고
갈매기 발자국만 모래톱에 남아 외로워
백사장에 박힌 기둥에 매인 줄 위로 널린 그물만
애처롭게 바람에 흔들리며 황혼을 맞네

*구례포 : 충남 태안군 원북면에 있는 해변마을

울면

입맛을 잃으신 아버지가 잡수시던 울면
중국음식 원루멘(温滷面, wēnlǔmiàn)으로
따뜻한 국수라는 음식이다

해산물을 듬뿍 넣고 전분을 넣어 걸쭉한 국물
국수가 따로 나와 먹을 때 국물에 넣고 풀어서 먹는다
아버님이 가신 지 이십오 년
오늘 따라 아버님 생각이 간절하다

오늘 점심메뉴는 울면이다
아내가 매운 음식을 먹지 못해 선택했다
아버님 생각을 하며 둘이서 식사를 했다

목이버섯, 새우, 홍합, 갑오징어, 양파가 주재료
따로 나온 면을 넣고
나는 고춧가루를 조금 넣어 맛있게 먹었다
아버님의 음식, 울면 우리만 먹어 죄송스럽다

십일월의 단풍

먼 산의 시선을 지척에 두고
잃어버린 사랑의 세월을 찾아
진달래 푸른 잎이 붉게 물드니
꽃보다 아름다운 잎은 밤서리에 빛이 곱다

눈을 들어 하늘을 보니
실눈 같은
하현달은 얼어붙고
온통 가을 하늘은 적막이어라

동짓달의 아침은 콜록거리며
서늘한 기온은 낯이 설어
푸르던 이파리들이 누렇게 떨고
알찬 들판도 추수를 끝내고 빈들이 되었네

가는 세월이 못내 아쉬워
은행잎은 노랗게
목백합은 갈색으로
벚나무는 붉게 물들어
터키색 하늘 아래 가을을 채색하고 있다

가을을 보내며

쓸쓸한 가을날이다
꽃비 대신 단풍이 낙엽 되어
엷은 바람에도 우수수 비처럼 쏟아진다

포도에 깔리고
정자 지붕에도 수북이 내린다
어쩌다 흔들리는 가지가 내 마음 같다

먼 산 위에 뜨는 그리움처럼
가을의 황혼을 퇴색한 갈색 빛이
가는 세월을 배웅하고 있다

그래 가을은 갈무리하는 시절
황국의 아름다움을 간직하며
이별의 가을 끝에서 겨울 채비를 한다

첫사랑의 기억

사랑이 무언지도 모르던 나이
마음에도 천사 같던 소녀가 있었네
뽀얀 얼굴 언제나 화사하게 웃던
가녀린 소녀가 있었네

천수가 다 된 기억에 살아있을 법한데
제니처럼 뚝방 길을 뛰고 있을까
히아신스 꽃다발을 주고 싶은데
하얀 세라칼라가 귀엽게 펄럭인다

아릿한 그리움에 늙지 않는 기억을
배신이라 생각지 않는다
다만 인연이 닿질 않아 헤어졌을 뿐
용기가 부족했음을 고백한다

하모니카처럼 맑고 트럼펫처럼
애잔한 55인조 악단 소리로 웅장하게
오늘도 그녀를 꿈꾸며
행복한 황혼의 꿈을 보내고 있음이라

오동잎과 가을

가을비 내리는 흐린 날이다
그나마 침엽수 가운데
노랗게 물든 아카시아 단풍으로 새로워
가을은 우리에게 사랑을 베푼다

이 비가 그치면 추운 날씨에 떨며
많은 낙엽으로 몸살을 앓겠지
행길마다 수북하게 쌓인 낙엽으로
가을 역시 쓸쓸함을 타나 보다

담쟁이 잎도 거의 지고 나니
안톤 슈낙의 마지막 잎새가 바람을 탄다
오동잎을 닮은 수잔나의 사랑얘기가 들려오는 가을
나 또한 빈 가슴에 옛사랑의 노래를 부르고 싶다

"해는 서산에 지고 쌀쌀한 바람 부네
 날리는 오동잎 가을은 깊었네
 꿈은 사라지고 바람에 날리는 낙엽"

팔순의 그녀도 오동잎처럼 말없이 가나 보다

엘리자를 위하여

마음 깊은 곳에서
울려오는 목소리로
심금을 적시니 가슴이 뛴다

긴장 그리고 외로움에
한없이 끌려오는
피아노의 부르짖음으로

아마 영혼도 울었으리라
슬픔은 외로움을
뛰어넘어 들려오는 감동이려니

사막을 달리는 빅건
정의는 살아있어 내일이 올는지
살아온 세월에 회한이 깊다

개기일식

개기일식이 있겠습니다
까만 유리를 준비하세요

백사십 만 킬로미터의 가운데에서
사랑의 융합이 내뿜는 열기
뭇별을 키우던 어머니는

홍염을 보이고
코로나도 보이고 싶어
다이아몬드의 화려한 링과
지구 위에 달그림자를 만든다

시속 이천 킬로미터의 쾌속으로
달리는 달그림자
하지만 한 시간 족히 한낮의 어둠을 몰고 와
맨눈으로는 볼 수 없는 아름다움

대우주의 쇼가
내일도 어디선가 벌어질 개기일식
어둠이 밝아지며
오늘의 개기일식을 마칩니다

그녀의 집

빨간 벽돌의 이층집
청솔가지가 드리운 창을 통해
바라보는 세상은 온통 새로운 풍경
꽃밭과 잔디의 마당에 부서지는 햇살
사이로 흩어진 기억이 한 올씩 빛날 때
과거는 아픔보다 아름다움이 컸다

늙지 않는 그리움을 따라
파이프에서 피어오르는 담배연기처럼
시인의 고뇌가 바람을 탄다

그림 한 폭을 채우지 못하고
저물어가는 하루의 시그널
서쪽 하늘의 황혼 빛이
산 그림자를 길게 비추면
그녀의 창에도 커튼이 드리워질 게다

겨울 산에 올라

눈 내린 겨울 산에 오른다
맨 처음 밟는 눈길의 즐거움을 누가 알랴
놀란 산토끼와 고라니가 뛰어넘은 길을 가로 질러
씩씩대는 산바람이 차가운데 입에서는 더운 김을 내뿜는다

산 밑에서 볼 때는 나무들이 꼿꼿이 서 있는 줄 알았는데
산허리 능선에서 보이는 나무들은 비스듬히 서있구나
어릴 때는 나무도 밤에 잘 때는 누워서 자는 줄 알았는데
누운들 비스듬히 서 있는들 어떠랴 제멋에 산다는데

오늘은 산수화 같은 소태재에 와 서니 산봉우리마다
빼어난 모습이 마치 한 폭의 그림으로 가슴을 설레게 한다
지나칠 수 없어 사진 몇 장을 담는다 볼수록 빠져드는
마음에 시간 가는 줄 모르고 발아래 펼쳐진 풍경에 넋을 놓는다

이를 보면 빈승도 걸음을 멈추고 욕심 아닌 욕심으로 탐하리라
자드락길을 따라 다랑이 논을 지나니 마을이 나타나고
초가집에서 솟아오르는 연기에 평화가 담긴다
꿈길 같은 마을을 나오니 화폭에 머물던 시간이 꿈만 같다

겨울의 문턱에서

가을의 잔불이 꺼지고 겨울로 들어가는 문턱
맑은 햇살이 비치는 아침은 상쾌하다
물까치의 날갯짓도 없어진 날은
겨울의 외로움이 빈가지에 매달린다

한적한 농가의 쇠죽을 쑨 아궁이에는
아직도 타고 있는 엷은 장작불이 정겹고
처마 밑에는 옥수수와 가지가 마르며
외양간에는 소의 되새김과 숲정이에 바람이 인다

이런 날은 총각김치와 아구탕으로 점심을 먹고 싶다
떡과 도토리묵 두 점, 손두부도 두 점, 양념장에 찍고
인절미와 잡채가 놓이면 덧없이 풍족한 점심식사
오늘 아내와 함께 진천장에 들렀다가 시골집 식당을

바람도 자고 지나는 차량도 적은 길을 따라
돌아오면 짧아지는 겨울의 하루가 짧은데
무엇보다 지루한 날이 되지 않기 위해
정함이 없는 여행은 삶의 활력소가 되나 보다

시월 어느 날에

화창한 가을날이다
아마도 빨래가 잘 마를 시기다
고추가 널린 모습에 가슴이 찡하다
이제 막 알밤이 벌어질 시기
송편 속으로 밤을 넣으시던 어머니
하루 종일 산을 누빈 동산에 마음이 머문다

탱자나무에 탱자가 노랗게 달리고
호두나무의 고소한 맛이 벌어질 때 산에 올라
개암도 줍고 아그배도 제철이라 단맛이 한창이고
떡잎 진 칡잎이 숲속에서 노랗게 빛나고 있을 때
가슴속으로 파고드는 아련한 그리움은
외할머니의 목소리가 다정하게 들려오는데

단풍이 들고 가을꽃이 한창이면
차일치고 누이가 시집가던 날
온 동네는 잔치에 고소한 내음이 마을을 덮는다
동네 이쁜이도 마음이 싱숭생숭 잠이 오지 않는지
하현달이 서산으로 넘기 전 투레질하는 외양간은
쇠죽 냄새로 시골집은 가을이 축복이다

이별

무슨 인연인지 모르지만
너와의 새로운 만난 후
갑자기 객사하여 너는 먼저 떠났다

같이 지낸 짧은 기간
티격대격도 했지만
그래도 그 시절은 행복했다

군 동기생들이 많이 떠났다며
이제 우리도 갈 때가 되었다고
덤덤하게 말을 한다

하지만 아침에 서로 인사하던 일이
저녁에는 객사한 소식에 허망한 느낌
하루살이 일생처럼 별다름이 없다

뿌린 대로 거두리니 잊고 가자

연휴 첫날

올해는 복 터진 해인가 보다 닷새나 연휴라서
하고 싶은 일을 모두 할 수 있을 것 같다
코로나19로 오지 못하는 아들들을 생각하며 세월의 변화에
짜증이 나지만 선산에 성묘 겸 벌초를 했으니 다행이다

시간을 내어 들를 법도 하건만
바라는 내가 욕심을 부린 것 같아 속으로 민망하다
보고 싶은 마음이 앞선 까닭이겠지만
일 년에 한 번인 추석명절이니
기다려지는 건 인지상정 혹 올지도 모르는 기대감에
집사람과 함께 음식을 장만할 재료들을 사왔다

명절은 명절인가 보다 푸줏간에도 사람들이 북적거리고
여인들의 나누는 말에 짜증이 난다
어울리지 못하는 내 본연의 성격이 그래서 늘 외로운 것이다
돌아오는 길은 한적한 시골길로
마음을 추스르며 차분하게 돌아왔다
시골길은 선한 바람이 불며 풀내음이 싱그럽다

추석 때면 이래서 사람들 모두가 좋아하나 보다

늙은 청춘

노랗게 물든
황혼의 햇볕이 떠오르는
천정호수에 오면
세월의 찌든 생각이 말끔히 씻긴다

산수유 마을에
진달래가 필 때면
그녀의 마음도 어지럽게
들뜬 마음이 세월을 잊고 있었다

멀리멀리 퍼지는
호수의 물결처럼
두고두고 여울지는 그리움이
그녀에 대한 나의 진실

그래
몸은 늙어도
마음은 언제나 젊음으로
항상 초록의 신록처럼 빛날 게다

대전 현충원에서

겨울철 흐린 날에
안개마저 잔뜩 끼니
내 눈이 흐린 건지 마음이 흐린 건지
하늘도 산봉우리도 보이질 않네

어제 생을 달리한 네 모습에
남은 시간들이 느낌마저
모두가 허물어진 오래된 빈집처럼
빠져나간 너의 모습이 애처롭다

현충원 어느 뜰에
네기 묻힌 무덤의 흙마저
마르지 못하고 진흙으로 젖어
너를 찾는 옛 전우라도 오면 좋겠어

비목이 없고 진혼곡이 들리지 않아도
슬퍼하지도 외롭다 하지 말자
전투하던 산비탈도 아니고
전우들이 잠자는 곳이니 안심이다

제3부

산골 소년과 풍뎅이

불쌍한 생각에 집으로 돌아가라며
손바닥 위에 올려놓아 날려 보낸다
하늘 높이 솟구치며 풍뎅이는 날아갔고
산 밑 마을의 굴뚝에는 저녁밥 짓는 연기가 피어 오른다

— 〈산골 소년과 풍뎅이〉 중에서

떠나는 마음

오늘따라 어지럽고
혼탁하여
넘어질듯 비틀거린다

눈을 뜨고
있느니
차라리 눈을 감고 말자

죄인으로
죽는 것보다
바보로 죽는 게 좋으려니

죽음을 슬퍼하지 말자
떠남은
비운 마음으로 가는 거니까

힘없이 보내는 날

오늘 따라
덧없이 외로운 날
가을 하늘이 높다

찰나
가을꽃이 지기도 전에
남은 달력마저 세월이 외롭다

제 할 일을 마친
잎사귀가 소리 없이
낙엽이 되어 떨어지듯

너무 일찍 익어버린
산수(傘壽)의 나이에
젊은 날로 회귀하지 못하니 섧구나

오늘은 들꽃이고 싶습니다

아무 생각 없이
몇 날을 보냈습니다

기다림도 잊은 채
오월의 바람 냄새만
매캐하고 짙은
보랏빛 오동꽃을 피우는 봄밤

이런 날
고행이라도 좋습니다

다울라기의 설산에 올라
가슴을 활짝 열고
오래 되고 냄새나는 것들을
훠얼 훨 모두 털어버리고 싶습니다

세월의 흐름을 타고
또 몇 날이 흘러갑니다

두견새는 밤낮 없이

이 산 저 산에서 다니며 목이 쉬는데
기다림에 지친 나 역시
풀섶에 하얀 꽃잎의 들꽃이고 싶습니다

작은 소망

인적이 드문
깊은 산골
때 묻지 않은 산바람이
참으로 시원하다

소류지를 더듬고
잠시 모여 만든 용소에
오래된 마음을 씻고 있노라면
흐르는 세월(時)도 잊는다

어쩌다
기웃거리는 도시의 궁금증에
씻은 얼굴이 더렵혀질까 봐
조바심을 아는지 버들치가 몸부림을 친다

아직 덜 깨어난 도롱뇽이
둥근 염주 꾸러미를 풀지 못한 채
긴 세월을 기다리는데
이 봄 가고 나면 신록이 우거지듯
내 뜻도 단단히 여물면 좋겠다

인생의 뒤안길

비에 젖어 축 처진 골판지상자 같고
좁은 도랑에 날아와 쌓인 젖은 낙엽이나
허물어진 초가집의 비틀어진 창살 너머로
오래도록 말라 부러진 감나무 가지가 슬프다

소나무에 생긴 커다란 옹이뭉치처럼
모두가 긴 세월이 남긴 흔적인 것을
살 만큼 살다 갈 내 모습 아닌가 싶다

어쩜 일 년을 살다 사라지는
한적한 산골의 들꽃만도 못한
순간의 짧은 인생의 뒤끝 서글픔이 인다

욕심도 내려놓고
흘러가는 대로 그러려니 긍정하며
몽돌처럼 둥글둥글 살다 가면 좋으련만

가는 세월

입이 있어도
할 말 못하고
속으로 삼키는 것은
심드렁한 자존심이 물들고

주저하던 망설임이
살다 보면
궂은 일에 기쁜 일에
생각은 많은데 움직일 줄 모르네

세월이 흐르고
따라 살다 보면
잊혀질 날도 있을 게고
아쉬움에 마음 다독이는 날도 있겠지

부귀도, 명예도 한갓 꿈이라 했나
서슬 파랗던 세월에 발버둥치던 인생도
모두가 허무로 돌아가는 날
하루의 노을 속에 텅 빈 마음이려니

먼 이별

찬란한 비눗방울
꺼지듯
톡하며 흔적 없이 사라지니

우정도
사랑도
아픔과 기쁨도 모두 사라지는

빈 세월만이
소리 없이 흘러가니

같이 지낸 기억마저
가물어
겨울이 더 추운 이유 같다

찾아가는 길

알면서 가는 길도 아니고
어제 왔던 길을 오늘도 간다
저항도 없고 막을 사람도 없다
한바탕 웃음으로 가도 좋고
잠을 자듯 모르게 가도 좋다

알 수 없는 그 길
수를 놓으며 가는 길도 아니고
주어진 대로 함께 살다 가는 길
밝은 하늘 아래 사라질 육체와 영혼이
하늘과 바다 사이처럼 공허하다

어제 또 친한 친구 두 명이 떠났다
나쁜 놈들 알리지도 않고
떠난 니들은 알 수 없지만 외톨이 된다
많이 아프다 갔니?
말없이 떠남은 오죽하랴 가서 편히 잠들라

산골 소년과 풍뎅이

오후 황혼이 가까워 올 무렵
소년은 앞동산에 올랐다
무덤 옆 참나무에서
초록색 날개의 풍뎅이 한 마리를 잡았다

나쁜 놈
발과 팔을 부러뜨리고
목도 비틀어 백팔십 도를 돌려
무덤 앞 상석 위에 뒤집어 놨다

배가 등인 줄 모르고
버르적거리며 날개를 편다
상석 위에서 뱅뱅 돈다
소년은 불쌍해서 목은 원위치

불쌍한 생각에 집으로 돌아가라며
손바닥 위에 올려놓아 날려 보낸다
하늘 높이 솟구치며 풍뎅이는 날아갔고
산 밑 마을의 굴뚝에는 저녁밥 짓는 연기가 피어 오른다

겨울이면 사랑스런 풍경들

겨울이 오면 잊지 못할 풍경이 그립다
시골 초가집에서 쇠죽 끓이던
가마솥의 불꽃과 연기가 묻은 겨울 냄새와
산골 갯버들에 맺힌 고드름에 비친 햇살 틈에
넓고 긴 보리밭에 내린 눈발의 풍경이 그립고

저수지에서 들리는 얼음 깨지는 소리와
언 호수의 나룻배에 날아온 철새 여유
흰 눈이 내린 청 미래가지의 빨간 열매
산골 인동초의 푸른 잎이 빛나며
고산 능선에 선 고목에 핀 상고대가 그립다

빨갛게 언 소녀의 얼굴과
운동으로 지친 선수의 내뿜는 입김이 피어나고
전방 철책 너머에 마을이 있던 고요한 설경에
삭풍에 진 그림자와 향기마저 얼어붙은 나뭇가지
장독에 수북하게 쌓인 눈과 대문 옆에 세운 눈사람

겨울의 시장 사람들이 피운 모닥불과
서로를 부르는 왁자지껄한 불협화음

볏짚에 축 처진 채 매달린 고드름의 인내에
솟대 위로 부는 서북풍의 갈리는 소리로
감나무 가지 끝에 달린 외로운 까치밥이 그립다

재건 데이트

황량한 벌판 석교동 끝자락에
밤마다 비치는 변전소의 불빛은
별처럼 초롱초롱 곱게 가슴에 남아 있고
찻집이나 빵집에서 데이트를 하고 싶었지만
호주머니 사정에 선뜻 들어갈 수가 없었지

같이 있고 싶은 마음에
생각해낸 것이 재건 데이트였지
먼 길을 같이 걷기만 하면 돈이 없어도
우리는 재건 데이트라 부르기로 했다
사회도 넥타이 대신 재건복을 입었었지

음악 감상 대신 들려오는 개구리소리로
바람소리, 도랑물 흐르는 소리의 자연소리였고
가끔은 성가대에서 배운 합창을 조용히 불렀고
영화 관람은 어제 밤에 읽은 소설 얘기로
명화 감상 대신 화가들의 특성에 의견교환을 했다

밤이 너무 늦기 전에 헤어짐은
엄격한 가정교육으로 아쉬움을 달랬으며

나는 장교를 지원해서 입대했고
그녀 또한 타지의 유치원에 교사로 들어갔기에
우리는 영영 이별이 되었고 편지 소식마저 끊겼다

잊을 수 없는 생각에
그녀의 모습을 청석부조를 조각하여
가지고 있다 고향의 늘 오르던 동산에 묻었지
그 후 고혈압이란 소식이지만 잘 살아주기만을…

*석교동 : 대전시 중구에 있던 벌판

삼 년을 하루같이

몇 십 년이 흘렀어도 벅차던 여행의 순간들
시간 가는 줄 모르고 전국을 헤매던 기억이
퇴색한 가운데 행복의 자취가 생각나는 것은
사랑이란 말로 방황했던 탓이겠지요

사찰 소개로 와우정사부터 청룡사, 칠장사로
경선암의 순방과 월정사 전나무 숲을 지나고
상원사를 거친 운달산 김용사, 직지사, 구룡사,
내장사 원적암, 동학사, 신원사, 수덕사, 갑사를 돌아

신두리의 해변을 지나고 고성의 통일전망대에
채석강과 곰소를 지나 내소사를 거쳐
남원, 지리산 정령치, 뱀사골, 노고단과
천은사에 머물다 예천 회룡포를 방문했고

광덕산, 태조산, 안면도의 하늘 아래 해수욕장,
연포, 만리포, 천리포, 백리포까지
무주구천동에서 덕유산, 화양계곡 셀 수 없을 정도로
하루에 삼사백 킬로미터씩 지칠 줄 모르고

남의 십 년치 여행을 하루도 빠짐없이
일 년에 정말 많은 곳을 용감히 다녔다
생각하면 꿈만 같고 다시는 못할 것 같은데
아무리 생각을 해도 미쳤던 게 틀림없다

노승산

바다에 사는 섬처럼
벌판 아득한 가운데 서 있었지
높지도 낮지도 않은 채
많은 전설을 두르고 거기에 있었어

바위가 된 말머리를 앞세우고
북풍을 가슴으로 받아내던 병풍바위
어느 날 노승이 열심히 수련함직한 동굴까지
여름이면 늘 떠들던 댓골 폭포를 안고 있었어

멀리로 빙 둘러
화산, 토산, 수산, 금산, 목산이
어깨를 겨루며
자기가 있는 곳이 제일이란 듯 버티고 서 있지만

낙화암의 고란초가
백제의 한이 너무 슬퍼
이곳에 찾아온 지도 천 년을 넘기는데
노승산 숲을 찾는 마음은 그 통한을 아는지

*노승산 : 안성 일죽과 이천 설성이 만나는 곳에 있는 산.
산 밑에는 원경사라는 사찰이 자리 잡고 있음.

사랑하고 싶어요

내 어깨를 잡고 춤을 추세요
맑은 햇살에 나풀대는
그대의 긴 머리가 아름다워요

춤을 추다 힘들면
내 넓은 가슴에 기대세요
항상 따스하게 준비하고 있어요

바다가 바라보이는 언덕도 좋고
그린랜드의 새하얀 눈밭도 좋고
망초꽃이 하얗게 펼쳐진 산골도 좋아요

사랑의 끈이 맺어진 곳
덥거나 추워도 상관없어요
아무리 어려워도 헤치고 나가게 될 것이니까요

살다 보면

숨을 쉰다고 산 것이 아닌데
살아있는 만큼 사람처럼 살아야 한다

하는 일마다 누군가를 위하는 삶
재주가 없어도 잘 알지 못해도
자기가 할 수 있을 만큼은 해야 한다

살다 보면 한(恨)도 맺히리라
때로는 절망도 맛보며 억울함도 있으리라
원망도 하고 하소연도 하며 살아도
나뭇잎 한 잎이라도 줍고

어려운 사람들을 위해 힘을 나누거나
맡은 일을 온달처럼 착실하게 살고 있거나
음식을 먹고 사랑을 하며
살아가는 방법이 달라도 자신 있게 살아야 한다

선한 행실로 뜻대로
올곧게 살 수 있으면 세상에 온 보람이다

기대

가장 큰 명절, 설
장남이고 가장으로 기다렸는데
올해도 오미크론으로
아무도 오지 않는다

자식들이고 손주 녀석들의
웃는 모습이 아른거린다
서운해도 아픈 것보다 낫기에
꾹꾹 참기로 했다

올해도 아내와 함께
두 식구만 차례를 지내기로 했다
교통이 어려워 선산에 가는 일도
미루고 보름 때까지 기다려 보자

설이 지나면 곧 아버님 기일이다
연미사를 넣어 드리고
명복을 빌어 드려야지
멀리서 아버님을 위한 연도소리가 들려온다

제 4 부

동행의 길

추운 겨울 하늘을 / 가로질러 까치가 날아갑니다

사랑이라 할 수도 없고/ 정이라 할 수도 없는 것

그저 잠깐 / 가까웠던 사이일 뿐

헤어져 남이 될 때/ 무엇으로도 메울 수 없는/ 외로움뿐입니다

— 〈이별〉 전문

벽공(碧空)

먼 산 능선 위로
흰 구름이 흘러가니
모를 듯 허공만 가득하네

멈춤이 없는지
모르는 사이에
흘러간 자리에 빈 하늘만 자리하네

고맙다는 말을 하니

고맙다는 말을 하니
사랑한다는 말을 하지 못했네

사랑한다는 말을 하니
행복하다는 말을 잃고

행복하다고 말을 하니
머릿속이 하얀 게 비워지니

소쩍새 소리에 봄밤은 깊어가고
어제 핀 진달래가 소리 없이 지고 있네

언제 왔니

언제부터
왜 네가 거기에 떠있는지 모르지만
초저녁 한 잠 끝에
네가 비친 맑은 빛에 실눈을 뜬다

은은한 미소로
말없는 네 모습이
오늘 밤 따라 남쪽 하늘이
애절하게 너무 곱구나

아마
첫사랑의 들뜬 가슴이 물들었던 곳
지금쯤 거기에도
백화만발하고 훈훈한 바람이 불 게다

젊은 날의 아련한 목소리가 들려오듯
잊었던 모습이 네 얼굴에 겹쳐서
이 밤을 내비치는 달빛으로
오래 된 님의 사연이 더욱 궁금하다

작은 소망

조미료가 한 점도 들지 않은
음식 같은 그런 글을 쓰고 싶다

어머니는 텃밭에서 갓 뜯은 상추에
노란 햇 된장을 쑥갓 곁들인 점심을 드시고
아버지는 화롯불에 달군 청국장 퀴퀴한 냄새로
겨울철 고된 하루의 저녁을 드셨다

바다가재 요리에 와인을 곁들인
우아한 식사도 좋지만
구수한 서리태의 콩국수 같은 아리랑이 더 좋다

아욱죽 끓인 가을 햇볕을
곶감 말리는 산사의 맑은 공기를 쐬며
넓은 들 메뚜기 잡던 손을 놀려
이 강산 파란 하늘 아래
들꽃처럼 청초한 순한 백성을 노래 부르고 싶다

이월(二月)의 마음

잔설(殘雪)이 남은 계곡에는
겨울을 보내는 아쉬움으로
동토의 꿈이 녹아난다

햇살에 빛나는
보송보송한 갯버들 강아지와
얼음장 밑의 마른기침 소리에

이월(二月)은 봄을 준비하는
나무들의 물올림의 기지개
낙엽 밑에서 들려오는 새싹의 숨소리

꽃샘추위는
내 여동생의 시샘으로
풍도(風島)에는 바람꽃이 흔들거릴 게다

달빛에 새기다

어제
산속 깊이 숨겼던 달을
오늘은 산 위로 살며시 밀어냅니다

날마다 한 술씩
보태기도 하고
덜어내기도 하며

달은 모습을 달리 한답니다

초승달부터 상현으로
보름달에서 하현으로
날마다 조금씩 변하는

호수에 빠진 달을 보며
눈밭에 얼어붙은 달도 보고
봄빛 은은한 달빛에 마음을 새깁니다

봄날의 표정

봄바람, 아지랑이
버들개지 노랑동백꽃
개나리와 진달래
오늘은 모란이 벚꽃과 함께 피었네요

소쩍새 소리, 원낭소리
뱃고동 소리, 기적소리
암탉의 알쓰는 소리
골목길에서 들려오는 아이들의 목소리

나무에 물오르는 소리
얼음이 녹아 흐르는
산골계곡 물 흐르는 소리
그리고 산개구리들의 울음소리

호수의 산 그림자를 지나는
나룻배 노 젓는 소리
높은 하늘의 비행기 소리
가장 그리운 건 자식을 부르는 엄마 목소리

봄의 얼굴

신록으로 온 세상이 찬란하다
아기의 얼굴에서 느끼는 행복처럼
사월의 산하는 희열이고 기쁨이다

아지랑이 사이로 비치는 진달래와
목련의 화들짝 놀란 몸짓이
봄처녀의 희망이듯 보고픈 이의 젊었던 모습에
들판을 가로지르는 좁다란 길을 따라
무작정 떠나고 싶은 마음은 아무래도 바람난 징조

배꽃이 구름 같은 과수원을 지나
민들레꽃이 노란 논둑길에
조팝나무 꽃의 평화가 깃들고
머지않아 분홍색 메꽃의 자태가
새색시처럼 맑은 하늘에 웃음을 뿌리겠지

개망초가 무리진 습지에서 부들도 손을 흔들고
담밑 양지에는 제비꽃 무리가 농사를 짓는데
열매는 쌀밥과 보리밥으로 아가들의 놀이감이었네

봄밤에 뜨는 달

오래 전 시집 간 누나를 닮은
보름달이 봄밤에 휘영청 밝으니
남모르게 찾아와 피었다 지는
목련꽃이 달빛에 하얗게 하하 웃었지

코로나 역병으로 비실대던 봄이
모르는 사이에 겨울이 가고
봄이 찾아오니 나무들은 신록으로 갈아입고
조팝나무 하얀 꽃이 설레게 한다

지금쯤 아랫녘 내가 살던 집
담벼락 옆에도 매화가 찾아왔을 게고
홀연히 뒷동산 진달래 능선에
싱숭대는 봄 물결이 그림을 그렸을 게다

아늑한 봄밤의 달빛을 받으며
군자란의 화사한 입술에
봄바람의 노랫소리가 들리는 듯
세월은 어김없이 삶의 진리를 가져오누나

풀잎 물레방아

솜씨가 좋았다
한 번은 풀잎 물레방아를 만들어
산골 개울에 세우니 신나게 돈다

살아 움직이는 생명이 된다
외로움이 없어지고
마냥 웃는 어린 동생 같다
폭포수 옆 노랑동백도 따라 배시시 웃는다

하룻밤을 지내고 나니
기운이 없는 물레방아는
한쪽 다리를 잃고 쓰러져 까닥까닥
장난꾸러기 웅이처럼 한 발을 허공에 허우적댄다

풀잎 바람개비

풀잎을 쪼개어 만든
바람개비에
마지막 씨앗이 달린 줄기를 뽑아
초록빛 바람개비를 만들었다

바람이 불면 잘 돌지만
바람이 없을 때는 고개를 숙이고
손잡이를 돌리거나 달리면
바람결에 바람개비는 신나게 돈다

풀잎 바람개비는 추억의 장난감
소년은 혼자 있어도 외롭지 않고
세월이 흘러도 어린 시절처럼
풋풋하게 오늘도 쉬지 않으며 돌고 있네

소소한 바람이 불어도
풀잎에 스치는 날이면
살아 숨 쉬는 듯
풀잎 바람개비가 손짓을 한다

아기보기

엄마가 저녁밥을 짓는 동안
아기를 업고 기다리던 언덕에
애잔한 바람이 불면
서산에 개밥바리기가 뜨고

능금알보다 붉은
석양의 해가 기울던 봄날에
홍난파의 '봄이 오면'
누나의 노랫소리가 가슴을 울린다

까마득한 날을 보내고
서성이는 일 없는 나날이고 보니
업어주던 동생도 하늘에 간 지 오래라
봄이 오면 행복했던 그날이 떠오르고

무정하게 지나간 세월이
오늘도 나를 울리는데
한 번 간 사람은 오지 않고
밤새워 소쩍새 울음만 애를 태우네

솔잎이 푸르니

봄은 솔잎을 밟고 오는지
춘분을 지나니 솔잎이 더욱 푸르구나
앳된 아기의 청순함같이
오늘 따라 솔잎 빛이 환하게 웃게 해 준다

그리운 얼굴이 간절하게 보고 싶다
개나리 진달래처럼 화사한 얼굴
오래된 시간에 중후하게 늙었으리라
동백기름 바르고 쪽진 머릿결도 아름다우리

솔바람 부는 언덕에서
가슴을 열고 그대에게 소식을 전하면
떠오르는 수줍음에
아득한 먼 날의 추억이 그리워지네

할머니의 선물

할머님의 선물은 진리
배고픔을 아는 사람에게는
돈보다 쌀을 주고
고마움의 표시로 값싼 담배라도 한 갑 사 주신다

배고픔과 담배꽁초의 맛을 아신 게다
쌀과 담배의 고마움을 뼈저리게 느끼셨나 보다

장모님은 딸의 집에 오실 때면
빈손으로 오셔도 좋으련만
딸을 생각하며 풋사과 몇 알을 사 오신다

과일이 귀한 때라서
여비가 작아 많이 살 수 없기에
한 달란트의 헌금가치를 아시는 최고의 선물을 한 게다

증약역

경부선 완행열차를 타고
세천역을 뒤로하며 아주 긴 터널을
지나면 간이역인 증약에서 내린다네

역사(驛舍)도 철도원도 없는 역
통학하는 몇 명의 학생만 타고 내리던 곳
누가 심었는지 모르지만
그리움은 접시꽃으로 피어있고
기차가 오가는 빈 철길에는 맑은 바람이 흘렀다

옥강리 재를 넘어 친척집으로 가는 길에
우암 사당이 있는 옥강천(玉江川)이 흐르고
저 멀리 산밑 동네에서 들려오는 수탉소리에
외로운 홀씨만이 훌훌 까마득하게 날아가네

지금은 간이역마저 없어져
지나는 열차의 기적만 구슬프게 퍼지며
애잔한 풀꽃만 바람에 하늘거리고
울창한 칡순으로 몸을 감고 서 있는 산봉우리는

앳된 소년은 초고령 노년이 되어
정지용 시인의 고향을 찾아가는 길에
증약역을 찾아왔건만 땅거미가 진
가로등의 흐린 불빛에 향수로 가슴을 적신다네

*증약역 : 경부선 세천과 옥천 사이에 있던 간이역

한 번쯤 들려주고 싶은 얘기들

사강을 지나
항구 왕모대를 찾아가는 길에
마술피리라는 찻집이 있다
나도 모르게 이끌려 찾아들은 마술피리
옛 동화가 들어가는 입구부터 길에 깔려 있다
거꾸로 돌아가는 시계가 걸리고
낡은 풍금과 앨토와 트럼펫의 연주가 들리며
벽에는 '사랑의 묘약' 과 부침개의 안내판이 빛난다

개울 건너에는 사슴이 뛰어노는 목장이 있고
목장 주변 화단에는 여름백일홍이 곱다
참새가 방앗간을 지나칠 리 없듯
사랑의 묘약을 찾아 그녀와 같이 카페에서
목을 축이는 싸한 맛에 먼 길의 갈증이 풀린다
풍경 수채화 한 점이 서툰 냄새에 정겹게
스피커에서는 조용히 모차르트의 곡이 밝아 좋다

아쉬운 시간을 아끼며 초행의 왕모대를 찾아
허름한 어촌식당에 들러 잡어매운탕을 주문한다
매운탕이 끓는 동안 부두에서

바위에 붙은 따개비에 해풍소리가 외롭다
중국을 향하던 항구는 마음을 실은 깃발이 정겨운데
어느덧 개발이란 이름에 새 항구가 생겨
바닷길이 막힌 마술피리의 소리마저 하늘로 갔나 보다

제 5 부
깨달음의 순간들

막힘이 없이 사는 길은/ 집착에서 벗어나/ 생각하는 모든 것을 놓아 버리는 일

재물, 명예, 지식, 인연/ 목숨까지도 붙잡지 말고 / 쉽게 놓아버리는 것

연속됨이 없이/ 그 모습이 바뀌어도/ 본질은 변하지 않는 마음이기에

다 버리고 나면/ 자유로이 하고자 하는 대로 / 능통하게 될 수 있으니
버리는 일이 곧 수행인 것을

— 〈어느 날의 깨달음〉 전문

명상 · 1

있는 듯 없어지고
없어진 듯 머문 곳이 여기
도솔암 선승도 홀연히 떠나고
아침이슬이 사라지듯
활활 타던 욕망이 불꽃 삭듯이 시들어 버린다

없어진 자리에 허공이 저리도 고요한지
허한 모습만이 오고 가듯
저 물은 어디서 와서 어디로 가는지
세월은 시작도 없고 끝도 없다

생명
그리고 온갖 그 그림자
태어나고 사라지는 자연의 섭리에
눈이 먼 나는
보고도 못 보고 들어도 듣지 못하는 천치 바보

귀갓길에서

오월의 저녁 햇살이
파고든 숲길에 고요가 찾아들면
그리운 마음에 이름을 나직이 불러 봅니다

대답은 없고
하얀 이에 웃는 모습이
하얀 철쭉처럼 단아한 웃음을 웃습니다

그동안 변함은 없는지
궁금증에 지는 꽃잎은
소쩍새의 소리마저 구슬프게 들립니다

뉘엿뉘엿 지는 해에 발길을 재촉하니
먼 마을 저녁연기가 바람에 흔들리고
지난 봄 생강나무 짙은 향기를 맡고 싶네요

만행(漫行) · 1

깨달음을 얻기 위한
떠남이기에 목적지도 없다
추위도 배고픔도 싸워 이기고
바람이 주는 말과 구름이 가르쳐준
방향으로 무작정 떠나는 길

새도 만나고 개에게 사정도 하며
인자한 얼굴로 평온을 빈다
저잣거리의 다툼을 보며
오늘 저녁밥을 위해
인정 많은 아낙의 보시를 챙긴다

재도 넘고 들판을 가로 질러
아픈 사람을 찾아보기도 하고
헐벗은 가난에 몇 날이 지났을까
헝클어진 마음을 달래기 위해
아침에 핀 꽃을 보며 마음을 푼다

진리를 얻기 위해
고생은 어려움이 아니다

인생에 대한 곰곰한 생각으로
오늘의 발걸음이 무겁지는 않다
언제쯤 깨달음에 정처 없는 만행이 끝날는지

걸으며 수행하며

들을 건너온 봄바람이
나뭇잎을 흔들어 깨웁니다
지난 겨울 마른 부들 꽃대가
겨우내 말라 누렇게 나부낍니다

모판에 파랗게 모가 자라고
논둑에는 개별꽃이 무리지어
다가올 여름을 약속합니다
역시 세월은 모르는 사이에 지나가니

걷던 다리를 의자에 앉아
넘어진 김에 쉰다고 쉬려니
하늘을 우러러 보니 새가 날고
머물던 구름도 떠나니 갈 길을 재촉합니다

늙어 눈도 잘 보이지 않고
가물거리는 시선에 자신을 잃고
젊은 날의 뛰어난 시력과 건강이 아쉬워
힘이 들어도 나선 보행의 수행을 한답니다

그림자가 없는 여인

사랑은 모르는 사이에
내 곁으로 찾아왔다

그림자 없이 찾아오니
언제 왔다 갔는지 모른다

꼭 필요한 때에 와서 도와주고
자랑하지 않고 가버린 여인

그래 사랑은 요구하지 않아도
늘 곁에서 지켜주는 수호신 같은 것

어느 날 봄 풍경

화창한 봄날
동쪽 산 능선 위로 석양이 물들면
날던 산새도 자취를 감추고
바람마저 잠들면 외로움이 잠긴다

햇빛이 비치는 골짜기는 가깝게 보여도
산짐승마저 보금자리로 들어갔는지
움직임이 전혀 없는 나뭇잎들도
숨을 죽인 듯 미풍마저 고요한 정적이다

적막함을 덜어주는 수선화의 노란 빛에
옛 살던 시골집 창으로 새어나오는
등잔불빛을 기억하며 석유병을 보관하신
작은 창고에서 할머니가 나오신다

흐린 하늘에
별빛마저 보이지 않고
멀리서 들려오는 기적소리에
옥천 외갓집 외양간 옆 가마솥에서 쑤는
여물냄새에 황매화가 방긋 웃을 게다

꽃소식

햇빛에 반짝이는
감나무가 있는 마을을
나는 무척 좋아합니다

오늘 따라 연못가에
핀 노랑꽃창포랑
붓꽃처럼 곱던 당신이 보고 싶네요

마을 어귀에 핀
하얀 찔레꽃 매운 향기가
고향의 초여름을 보내면

우수수 떨어진
감꽃을 주워
추억이 깃든 목걸이를 만들 겝니다

감잎이 반짝이는 여름이 되면
단발머리에 순하게 웃던
앳된 얼굴이 더욱 그립습니다

가는 봄 오는 여름

쏴~ 스치는 송뢰(松籟)에
더워진 봄바람이 찔레꽃잎을 흔들고
귀얄진 봉우리마다 아카시꽃 향기로
시골의 늦봄은 수수꽃다리의 보랏빛이
여동생의 마음씨처럼 곱다

지금은 청보리가 한창
하늘에 종달새가 울 법한데 어디로 갔는지
배회하는 왜가리의 날갯짓이 한가한
논둑에는 분홍빛 메꽃이 새색시처럼
산뜻하고 따스하게 봄을 배웅한다

풋고추의 윤기 나는 열매가 식욕을 돋우니
보드라운 꽃상추가 점심의 차림을 기다린다
여치가 울 때도 되었건만
굼벵이를 찾는 물까치의 먹이 사냥 대신
저수지에 노랑꽃창포에 머리를 감으련

함박꽃 핀 시골의 장독대에는
연초에 담은 간장독이 일광욕을 즐기고

보랏빛 도라지꽃은 언제 필는지
빨래를 널은 초가집 빨랫줄에도 봄바람은
맑은 햇살을 모셔와 바쁜 아녀자의 일손을 돕네

봄은 봄인가 봐요

겨우내 마른 덤불 밑에는
새싹이 돋으니 바람이 한결 부드럽고
오늘 찾은 석남사 연못에는
따스한 양지에 개구리가 흠뻑 알을 낳았네요

봄기운이 서린 물속에도
때 이른 냉이가 파랗게 자라나
하늘이 비친 물결은
연둣빛을 머금어 봄기운이 돕니다

훌훌 떠나고 싶은 충동에
멀리 보이는 산까지 내달아와
재 넘는 길을 가면
밭이랑에 낸 두엄 냄새에 봄이 오듯

아무래도 봄을 기다리는
마음에 봄앓이를 하는지
몸도 마음도 나른하고 허전하니
봄은 봄인가 봐요

도창리의 봄

철의 삼각지 김화가 만든 도창리에
싸우다 멈춘 전차의 뼈대가 서 있고
앞마을 토성리에서 오는 소식에
어제 핀 바람꽃의 하루가 짧다

민통선 북방이란 선이 그어져
아무나 오갈 수 없는 곳을
봄은 제 세상인 양 찾아와
분홍빛 복사꽃을 마을에 뿌리고

선남선녀가 사는 동네건만
외지와 떨어져 마음만 조리며
잔칫날에는 키운 돼지를 잡는 날
두고 온 고향 논에도 자운영이 붉겠지

밤이면 북에서 들려오는 확성기 소리에
잠을 설치는 날이면 먼동이 반갑다
신작로를 지나는 버스 소리마저 반가운 마을
앞산에 흐르는 오성산의 입김이 봄빛에 녹는다

*도창리 : 강원도 김화군 민통선 북방에 있는 마을

봄바람이 불 때마다

바람이 불 때마다
느티나무 가지들이 술렁댑니다
봄이 간다고 떠드는지
앞집 새댁이 아기를 출산했는지
떡갈나무들도 하얀 잎을 제치며 깔깔댑니다

먼 산 위에 부는 바람은
소리가 들리지 않습니다
잔가지가 나풀대면 도토리열매를 맺는지
오리나무의 노란 연둣빛에
흐드러진 진달래꽃에 정신을 놓습니다

이런 날이면 옛 친구에게
큰딸 시집을 보냈는지 안부를 물으며
남쪽 바다에도 멸치떼가 온 듯하고
꽃게철이라 어부들의 출항에
화류동풍의 희망에 깃발을 높이 세우렵니다

바람 꽃 피는 산길을 걸으며
산골 맑은 계곡물에 목을 축이면

나는 한 마리 사슴이 되고
때죽나무 흰 꽃이 떨어지는 그늘에
노란 양지꽃잎에는 봄바람이 불겠지요

초겨울이면 떠나는 여행

밤마다 흐느끼는 오카리나의 꿈길
외로움이 끝없이 퍼지는
햇살 실은 소리에 흔들리고 있다

애절한 가락에 혼을 빼앗기고
갈색으로 변한 산그림자 지는 마을
능금 빛 붉게 물든 마음에 잔잔한 진동

자작나무 하얀 줄기가
구름 따라 흘러가면
나 또한 정처 없는 여행을 떠나리라

행여 만나지 못하고 소식이 늦더라도
항상 마음은 당신 다시 돌아오리니
빈 밭에 하얀 그리움을 펼쳐 놓으렴

소태재의 겨울

눈 내린 겨울산에 오르면
씩씩대는 산바람이 차가운데
입으로는 더운 기운이 뿜어지고
산토끼처럼 건강한 다리가 고맙다

산 밑에서 올려다볼 때는
나무들이 꼿꼿하게 서 있는 듯했는데
산 능선에서 내려다보니
땅에 발을 붙이고 비스듬히 서 있구나

내가 어릴 때는 밤에
나무도 누워 자는 줄 알았는데
소태재의 봉우리마다 산수화 같은
빼어난 모습에 감탄사만 터진다

소태재의 겨울산은 꾸밈이 없어 좋다
한 폭의 동양화를 그렸구나
묵향이 물씬 풍기듯 흰 눈과 나무들이
어쩜 영원히 지워지지 않을 화가의 혼을 담고 있다

*소태재 : 원주에서 제천으로 가는 19번 도로에 있는 고개.
지금은 고개 밑으로 터널이 생겼다.

생각나는 사람들

열심히 일하던 정진규 시인이 석가헌을 떠났고
키르기스스탄에 다녀온 해설사 유수용도 폐렴으로
임관 후 55년 만에 만난 군동기생 박준재가
코로나 백신 부작용으로 목욕탕에서 심정지로 먼저 갔다
85세까지는 살자던 녀석인데 허무하게 먼저 갔다

인명은 재천이라더니 모르는 사이에 변한다
속담에 밤새 안녕이란 말이 있듯이
노인들의 떠남은 믿을 수가 없다
바로 밑 동생 현이와 제수가 오년 전에
일 년 차이로 먼저 갔으니 세상 모를 일이다

나도 언제 어떻게 갈지 모르지만
식구들에게 폐가 되지 않고 조금만 앓다가
잠자는 사이에 떠난다면 좋겠지만 욕심일 게다
나도 죽으면 대전 현충원으로 갈 것이고
아내가 뒤따르면 내 곁으로 올 것이니 긴 기다림이 될 게다

나뭇잎도 제 할 일을 다 하면 가을에 단풍이 들고
낙엽이 되어 떨어지듯 우리들도 자연임이 틀림없다

살아있는 동안 남은 기간 덧없이 보내기가 싫어
오늘도 짬짬이 세상을 노래하고 글로 남기는 것이고
눈이 나빠지며 체력도 떨어지니 검진과 운동에 게으르다

흔들의자가 있는 풍경

이 봐 늙은이
빛바랜 추억을 따라
흔들의자에 앉아
꾸벅꾸벅 졸고 있지는 않은지

언제인가
장미뿌리 파이프를 물고
짙은 담배향기 속에 지난날의 꿈을
연기로 날리고 있는지도 모르고

담배도 멀리한 지 오래, 이제
테 굵은 안경 너머로 바이런의 시집을
더듬거리거나 플루타르코스 영웅전에서
어린 시절을 찾고 있는지도 모를 일

이 봐 늙은이 흔들의자에 앉아
저물어가는 태양을 바라보며
멀리 있는
어린 손녀가 궁금하여 눈을 감는 석양

할배 들어간 자리에
흔들의자가
흔들림을 멈춘 정원에 고요가 깃들면
하나둘 별빛이 곱게 내린다

수의공방

산으로 둘러싸인 마을 입구
물비린내 나는 저수지 끝에
자리 잡은 조그만 '수의공방'
남쪽으로 작은 창이 하나
입구에는 손 글씨가 예쁜
'수의공방' 이란 명패가 있었다

주인이 바뀌었나
집 뒤로 대나무 숲이 자라나고
집 뒤란에 장독대가 앙증스럽다

밤이면 수의공방
여인의 손길이 그리운지
저수지에서 물고기
튀는 소리가 들리고
창으로 비치는 등불이
다정하게 저수지를 비친다

옥수수가 줄지어 자라고
텃밭에 감자 밭이 싱그러운데

앞산 너머 금광지에는
물안개가 피어오르겠지
하루 종일 검은 등 뻐꾸기가
애절한 울음을 울고
그 울음소리가 메아리치는
시골 동네 초입

'수의공방' 의 차 한 잔에
정을 감싸고 구름 한 점 떠나가네

*수의공방 : 안성 동신곡에 있는 저수지 옆 조그만 건물

제6부

나는 아직도 춥다

세월이야 변함없이 흐르겠지만
들려오는 소식과 허튼 소리에
나라가 염려스런 오늘이다

따스한 봄날처럼
화평한 날의 예쁜 미소같이
훈훈한 날이면 시든 히아신스가 애처롭다

— 〈나는 아직도 춥다〉 중에서

지금은 잊었지만

그리도 애태우던 얼굴이
들어서 반갑기만 하던 목소리가
이제 덤덤해졌는지
그립지도 반갑지도 않습니다

마음이 간사하다 하지만
하루라도 못 보고 못 들으면
조바심치던 물결도
이제는 차분하게 가라앉고

지금은 막연하게 그리울 뿐
얼굴조차 잊어
사랑이 변해 고운 정 미운 정으로
점점 퇴색해 가는 세월

날이 가면 갈수록
혹 애타는 날도 있을는지
시든 정이 다시 사랑으로 바뀌는 날
한 번 더 두 손을 꼭 잡고 싶네요

이별연습 · 1

오늘은 햇사과 붉은 빛 향기를
예쁜 소쿠리에 하나 가득 담습니다
잘 여문 햇밤을 보내니
지난날의 추억을 모두 지워 주십시오

사과 한 개씩 껍질을 벗기며
향기롭던 추억을 생각하다가
모두 없어지는 날 그대를 잊으렵니다

세상에는 영원한 것이 없거늘
갑자기 홀로 되는 날이면
감당해야 할 그 어려움이 싫어
미리 이별을 연습하겠습니다

사랑의 지속시간이 십팔 개월이라는데
우린 너무 오래도록 간직했나 봅니다
참을 수 없으면 바람이 부는 바닷가로 가서
생각나지 않을 때까지 바다를 보겠습니다

흐린 날

찌푸린 하늘엔
회색빛 구름처럼
마음마저 흐리다

멀리서
전해지는 슬픔이 밀려오면
두 손을 놓는 인생살이

어찌하다
다다른 곳은 낯선 거리뿐
어디엔들 마음이 사는 곳 될까

원래의 모습으로 돌아가
밝은 태양 아래
닭이 우는 소리라도 듣고 싶다

엄마야 아빠야, 할배, 할매야
그리고 늘 웃던 외삼촌아
떠올리는 얼굴마다 그리움의 꽃이 핀다

산다는 것

콩닥거리는 가슴을 가지고
모이를 찾아 늘 헤매는 참새가
왜 그래야 하는지 나는 몰랐다

별꽃 피는
앵초 밭을 개미가
부지런히 기는 이유를 나는 몰랐다

가녀린 꽃대를 내밀어
볼품없는 꽃에 열매를 맺고
바람 따라 종족을 퍼트리는
씀바귀의 속사정을 나는 몰랐다

세상은 가만히 있는 것들에게
먹이도 주질 않고
안주하게 하지도 아니 하며
유전자를 물려줄 기회도 주지 않는다

연꽃 잎
커다란 그늘 밑에서 쉬는 물고기
허기를 채우려는 생각을 잠시 멈춘 그 위로
백련은 조용히 피고 있지만…

잔병치레

소나무 가지 끝에
바람이 부는 날
너를 만나도 찡그리지 않을 거야

어느 날
하얀 눈이 조용히 내리는 날
너를 보아도 싫어하지 않을 거야

못살 것 같던 아픔도
밤새도록 괴롭히던 고통도
아련한 기억으로 남을 때
난 항상 너와 함께 있었노라고

쏟아지는 햇살같이
올곧게 긍정이며
그렇게 말할 거야
죽음도 늘 같이 했었노라고

섭사모종

석양의 노을에 가섭사의
범종소리가 은은하게 들리면
농부는 힘든 허리를 펴고
아이들은 집으로 찾아 가는 길

뉘 집 부엌에서 풍겨오는지
밥 짓는 냄새가 구수한 저녁이면
아마도 아궁이에 이글거리는 숯불 위에
된장 끓는 소리가 정다울 게다

오늘도 무사히 하루를 보냄에
아이들도 탈 없이 한 치는 자랐을 게고
닷새 전에 뿌린 씨앗들도
싹이 트고 키우기에 여념이 없을 게다

저녁 먹고 뜨는 달빛 아래
예불의 불경소리는 중생 계도의 길
만물 안위를 위해 들려오는 범종소리가
훈훈한 구들처럼 편한 저녁시간

*섭사모종 : 안성8경 중 하나

현기증으로 지새던 밤

어제 밤도
빙빙 도는 지구를
바늘로 콕 찍어
빨간 방울을 한 방울 짜낸 후에야
겨우 돌아가는 것을 멈추게 했다

싱싱하던 꽃나무가
엄습한 한파에 얼어 내리듯
알 수 없는 현기증으로
나는
힘없이 쓰러지는 고목나무가 된다

웅성거리는 소리가
급한 발자국 소리에 섞여
응급차의 급한 목소리에 떠밀려
형광등 아래 다리를 편다
쿵쾅거리는 마음을 달래 보자

열 손가락을 펴 원하는 만큼
피 흘려 제물을 삼고

평정의 잠을 청한다
해가 뜨면 제물로 바치던 피가
하얀 탈지면을 적시고 누워 있다

금광호수와 금강산

우리 마을 뒷산을 사람들은
금강산이라 부른다

지팡이를 동무 삼아
천천히 오르다 보면
나뭇잎 사이로 펼쳐진 그림은
호수가 하늘 같고
하늘이 호수처럼
서로가 하나 되어
숲 가지가지 사이마다 걸려 있다

가슴이 확 트이는 시야
눈 아래 비치는
그림 같은 마을과 푸른 호수
나는 그런 호수의 풍경을 사랑한다

구름 밑으로 하늘이 떠 있고
호수 위에 구름이 떠 있다

호숫가를 달리는 빨간 자동차에

실없는 웃음을 실어보고
쉴 만큼 쉰 다리를 재촉해 다시 오르기 시작한다
파란 하늘이 나무 끝 저 위에 떠 있다

재민이의 봄날

서른일곱 해를 보내는 동안
봄날을 재민이는 모른다
추워도 더워도
'춥다' '덥다' 란 말을 못한 채
엄마 품에서 보낸 날들이
벌써 서른일곱 해가 넘었나 보다

화려한 복사꽃과
목련이 손짓을 하고 신록의 새싹이
재민이의 눈에 화려하게 비친다
말 대신에 흥얼거리는 소리에
아빠는 재민이의 노래라 생각하는데
바람에 벚꽃이 꽃비가 되어 휘날린다

재민이 가슴으로 묻는 소리
"누구여"
"누구긴 누구"
"네가 부른 봄날이지"

*재민 : 몸은 성인인데 세 살 정도의 지능을 가진 친구아들 이름

모르는 게 약

늘 붙어 다니던 때에도
헤어지는 순간이 오면
긴 세월을 못 만난 듯 서먹해서
만나는 순간마다 늘 새로웠는데

그도 순간뿐
더 많은 세월 보내고 보니
애타던 마음도 사라지고
이대로 잊혀지고 마는 것인가

목숨이 다하는 날까지
평행선으로 이어질 줄 알았는데
문득 문득 끊긴 자리에는
아득함이 먼저 깃듭니다

사람의 마음이란
이다지도 간사한지
애타던 마음이 그립습니다
그래서 모르는 것이 약인가 봅니다

겨울에 꾸는 꿈

잊어도 좋을 만큼
엷은 꿈을 꾸던 겨울밤은
밤이 깊어가도 깰 줄 모른다

어느 날 외톨이 되어
낯선 거리로 내몰리던 날
주먹을 힘껏 쥐던 결심은
잠시나마 정든 사람들 곁을 떠나
버려진 듯 외롭던 일

감기라도 들고 비타민 부족으로
강중유에 찌든 손톱 밑이 터져
뒤뚱거리던 시절이 있었는데

누구나 잊고 싶은 세월이 있듯
춥고 배고프며 힘들고 외롭던 시절
맘껏 따스한 아랫목이 그립던 때가
가끔은 뇌리를 스친다

그 시절은 우리들의 자양분이 되어

진정한 자유와 가족의 소중함을 일깨우고
나의 앞길을 열어주어 철들게 하던 것들
잊어도 좋을 그 시절이
겨울의 깊은 밤을 지나고 있다

갈대나라 다호리(茶戶里)

들려온다, 아득하게 먼 곳
다호리에 불던 바람소리
낙동강이 처음 흐르고
우거진 갈대가 길게 밭을 일구며
거기에는 작지만 큰 나라가 갈대밭에 숨어 있었다

순박한 사람들이 모여 농사짓던 복 받은 곳
강한 인내처럼 단단한 검은 돌멩이들이
뜨거운 용광로에 녹아 만들어진 이천여 년 전
손에 익은 도구들이 수렁에 깊이 간직한 채 잠들어 있었네

농사짓던 기구는 물론
신나게 쌈질하던 무기들일까
감싸주던 갑옷은 지금도 무거운데
무사는 투박한 나무 관에 잠들어 붓으로 역사를 쓰고

그 옛날에 변한이라 부르던 가야국
물려받은 역사는 옛 모습에 감탄만 할 뿐
다호리! 거기는 우리 모두의 고향이었다

*다호리 : 변한시대의 부족국가, 김해 일대

나는 아직도 춥다

계절이야 변함이 없겠지만
아픈 몸과 떠나보낸 피붙이로
봄을 맞아도 내 마음은 아직 춥다

마음을 추슬러 훌훌 털어버려
빈 마음으로 살고 싶은데
세상은 나를 그냥 두지 않는가 보다

세월이야 변함없이 흐르겠지만
들려오는 소식과 허튼 소리에
나라가 염려스런 오늘이다

따스한 봄날처럼
화평한 날의 예쁜 미소같이
훈훈한 날이면 시든 히아신스가 애처롭다

황사가 부는 날

초대하지 않은 손님
하늘을 헤집고 먼 길을 몰려 온다

사하라의 먼지가
아마존의 정글을 키운다지만
해마다 찾아오는
고비의 심술은 외몽골 칸들의 염원인지

풍장을 원했던 칸의 영혼이
봄이 되면 또 다시
꿈을 꾸며 대륙 동쪽을 휩쓴다

어제는 비가 와
산뜻할 대지의 얼굴이
흙장난한 꾸러기 어린 손자 같다

퍼즐인생

참으로
오래 살았나 보다
군데군데 비어 있는 공백들은
메울 수 없는 공간인가

모양이 같으면 그림이 틀리고
그림이 같으면 어긋나는 인생
차라리 비어 있는 대로 그대로 두자
가다 보면
쪽 맞는 조각 하나 나타날지도 몰라

찾질 못해도
상관이 없을 게야
마지막까지 찾질 못하면
가장 아름다운 조각 하나 끼워 넣을 수 있겠지

빈 그 자리에
바로 네가
방긋이 웃어주면 참 좋겠다

촌놈의 겨울

한겨울이면
늘 간절하던 정인처럼
한 줄기 햇살도 소중한 시절

시린 마음을 도닥이며
양지녘 산비탈에 피어나는
그리움 같은 아지랑이

적막 속에 맑은 바람 마시며
홀로 핀 산수유의 이른 봄 같아
어디선가 들려오는 봄의 노래

포근하게 보내는 산골의 겨울
이래서 나는 시골 숲이 좋아
어느새 벌써 촌놈이 되어 있나 보다

제 7 부
어둠은 암흑이 아니다

마음을 살찌운 고향마을에는
역사를 지켜온 이들도 살고
만년설봉과 싱싱한 빙하가 흐를 게다

실로 어둠은 암흑이 아니다
눈을 감고 고요한 시간에 가부좌를 틀면
저 바깥 카펠라의 소식이 찬란하게 비쳐온다
— 〈어둠은 암흑이 아니다〉 중에서

할머니의 비잔틴

할머니는
비잔틴이 어딘지 모른다

모르면서도
머리에 하얀 수건을 쓰고
비잔틴에 밭을 가꾸러 간다

풀도 매고
북도 돋우며
정성을 다해 보살피는 조그만 텃밭

우리는 그 밭을
향수에 젖은 비잔틴이라 부르고
오이, 가지, 호박, 고추를 거둬들이며

한여름 내내
보물창고처럼 드나들며
할머니의 비잔틴에 만세를 부른다

*비잔틴 : 동로마제국이며, 고향에 비잔틴이란 카페

겨울 산길에서

가는 길
길게 뻗은 산등성이 따라
출렁대는 그리움에
오늘도 배낭을 멨습니다

재 너머 유혹하는 손짓에
능선 넘어 가는 길
거기에 가면
꼭 맘에 드는 동네가 있을 법하지요

가다 지치면
물 한 모금 마시고
청량한 새소리를 듣고
잔설을 밟으며 산길을 넘습니다

길은 먼데
어쩌다 휙 부는 바람 한 줄기
마음을 흔들 듯 소나무 가지에
쌓인 눈덩이 하나를 밀어 냅니다

눈길에서 만난 행복

낮은 곳으로 찾아온 작은 행복
엷은 옥색 하늘이
잘게 부서져 내린 듯
대지에 내린 하얀 눈이
이탈한 제트기류를 마시고 파랗게 얼었다

눈이 오면 좋아라 했던 나
이제는 저 들녘을 눈처럼
차갑고
하얗게
온 세상을 덮고 싶다

산책에서 돌아온 길
뜨거운 커피 한 잔을 마련하고
집사람 좋아하는 고로케를 만든다
정이다, 외출하고 돌아올 안주인 생각에
좋아할 웃음이 좋아 그렇게 준비를 한다

어린 날
눈 내리면 좋아하듯

오늘은 그렇게 살고 싶다
내민 손이 부끄럽지 않을 하루
눈 밟고 돌아온 뒤라서 마음이 훈훈하다

어둠은 암흑이 아니다

어둠은 암흑이 아니다
낮에 뜬 동공이 빛에 멀어
잠시 눈을 감았을 뿐이다

마음의 눈이 뜨이면
거기에는 무지개가 비치며
새싹 같은 앳된 얼굴도 있고

마음을 살찌운 고향마을에는
역사를 지켜온 이들도 살고
만년설봉과 싱싱한 빙하가 흐를 게다

실로 어둠은 암흑이 아니다
눈을 감고 고요한 시간에 가부좌를 틀면
저 바깥 카펠라의 소식이 찬란하게 비쳐온다

*카펠라 : 지구에서 가장 멀리 떨어져 빛나는 별

올 세밑 풍경

올 겨울에는 닥터 지바고의 고향처럼
안나 카레니나가 방황하던
페테르부르크의 철길에 퍼붓던 함박눈같이
대낮도 컴컴하게 많은 눈이 내렸다

온 천하가 푹 빠져든 고립된 고요로
산골 나뭇가지마다 설화로 설레고
산비알마다
두터운 하얀 이불이 켜켜이 덮인 세상

황홀한 뉘앙스를 풍기는 동양화 한 폭에
추위에 언 조랑말이 질풍으로 달리며
거센 투레질에 더운 김을 내뿜듯
밤 열차가 외갓집 있는 근처를 지나고 있었다

설날이라는 전설로 이어진 냄새를 따라
연어처럼 회귀본능으로 찾아가는 곳
언제나 포근한 어미 뱃속같이 따스한 고향집

밤새 달려와 아침 햇살에 은빛으로
튀는 하얀 벌판을 걸어가면 어둠이 열리고
창문이 열리면 기다리는 어머님은 자식들을 기다릴 게다

마둔지의 겨울

한겨울 낯선 풍경으로 불던
찬바람도 얼어 버린
호수 표면을 하얀 포말이
날카로운 화석으로 물결치는 마둔지에

이제 입춘이 지나고
파릇한 입김 불어오면
얼었던 바람도 풀릴 게고
잔잔한 물결이 철석이며 노래 부르는 날

시베리아의 동토처럼
오랫동안 문을 닫은 그녀의 마음도
다정한 말 한 마디로
응어리진 서운함도 풀리겠지

제 발등을 찧은 듯
괴로웠던 맺힌 미움까지
모두, 모두 녹아
햇살이 따신 마을의 지붕 위로
날아오른 푸른 연이 되어 날으리

그래서

멀리 더 멀리에 그리워하던

늙음도 멈추고

고통도 없는 시절을

흐드러진 들꽃이 되어 반기리

*마둔지 : 안성 금광면에 있는 호수

어머니의 미역국

눈물 섞인 빵 말이에요
그로 어머니 생각이 간절합니다
첫아기 낳고 받은 첫국밥을
지아비를 대동아 전쟁터에 내보내고
시부모 모시며 첫아기로 글쎄, 딸을 낳으셨대요

섭섭한 마음이셨던 시어머니께서
끓여주신 미역국에 흰 쌀밥을
울컥 솟는 설움으로
목에 걸리던 미역국이었답니다

째지게 가난했던 살림살이로
그 국마저 사흘을 넘기지 못하시고
자리 털고 일어나 보리방아 절구질로
시부모님을 공양했답니다

몸조리는 고사하고 배불리 먹지 못한 설움에
살아생전 미역국만 보시면 남몰래
눈물을 훔치시던 어머니 가신 지 오래도록 흘렀건만
지금도 옥양목 하얀 앞치마 폭이 나풀거리니

아마, 그것은 어려운 시절에 쌓인
시부모에 대한 어머니의 정이던가
오늘 아침 밥상에 오른 미역국을 먹으며
저도 할머니가 몹시 그립습니다

그때 그 시절

진달래꽃이 필 무렵
대나무가 서걱대는 외딴집을 돌아
푸른 제복의 한 무리가 행군을 한다
저 먼 기억 속을

흩어진 멋대로의 생각이
하늘을 향해 피어오르고
굶주린 허기는 입에 들어갈
먹이만이 본능으로 번득이던 그 시절

언덕배기 아지랑이의 나른함도
여러 겹의 능선마다 등고선으로 보이지만
언젠가는 그 등고선 사이에서
물소리, 새소리를 들으리라 그때

외딴집 채마밭에 씨 뿌리던 봄이다
행군으로 귀대하던 보병학교의 둥근 막사
일석점호 후 침구를 펴는 웅성거림이
백열전등 밑에 가물거리던 그 시절이 아련하다

지나가는 것은 그리움이다

지나가는 것은 그리움이다
그녀의 무덤을 지나 계곡에 서면
진달래 흐드러진 연분홍 치맛자락에
화사하던 그녀의 젊음이 물결친다

지나간 것은 아름다움이다
낮은 비석 앞에 나란히 서서
명복을 비는 두 손을 모으면
그녀의 젊은 날이 하얀 웃음이 그리워진다

지나가는 것은
슬픈 비를 흩뿌리며
살랑살랑 부는 바람이며
강물을 받아들인 바다이고 세월이다

지나가는 것은
새롭지 않지만 새롭게 보이며
어쩜 늘 새로운 흐름처럼
뒤늦은 그리움으로 차곡차곡 쌓이는 것이다

추운 여름

푸르러 꽃은 피는데
설산 위로 가는 길은
버리지 않고는 오르지 못할 욕심

아무리 산이 높다 해도
겸손으로 오르면
못 오를 리 없으리라

마음이 춥다
몸을 가누기 어려운
아니 추운 여름이다

추운 여름보다
더 추운 당신의 말
나는 설운 그 말에 떨고 있을지 모를…

달챙이 수저

한 서린 설움이 섞여
가마솥의 누룽지며
늙은 호박의 두꺼운 껍질을
북북 긁던 반 동강이 달챙이 숟갈은
어머니의 손때가 묻은 세월이었다

급한 놈 우물에서 숭늉을 찾듯
달챙이 숟갈로 긁어 놓은 누런 깡밥 뭉치
고소한 냄새를 손으로 집어
입에 하나 가득 담는다

부러져 엿장수의 눈독에 반짝이던 너
곧잘 내밀지 않는 것은
못난이도 쓰임이 따로 있음을 아신 어머님
금이 가고 너덜너덜한 모습이 될 때까지
부뚜막에는 잘 닦여 늘 빛나고 있었다

오랜 세월이 지나고
가마솥에 누룽지를 긁던 달챙이 숟갈
옛이야기로 밀려버린 너의 율동이
아련하게 어머니의 향기로 풍겨온다

낡은 꿈

폈다가 접고
접었다 다시 펴보는 허접한 꿈

꿈이라 하기보다 조그만 바람
내 손에 쥐어줄 나의 시집 한 권

세상을 노래하고 인생을 읊으며
가슴에 모신 나의 종교

세월이 출렁거리며 많이도 흘렀다

이 머리로
이 입으로
이 가슴으로 부르고 싶은 사연들이

어쩜
향기 없는 한 떨기 들꽃 같다
그래도 날마다 피는 꽃이여

흠이 아니다

조금은 모자란 듯해도
불평하지 말자
조금은 흡족하지 못하다고
싫어하지 말자

뒤늦게라도 깨달은 어리석음에
오랜 정일수록 소중함은
묵은지 같은 친근감에
되바라지지 않아 좋은 것

세상이 마냥 영원할 줄 알았는데
나 또한 죽음이란
생각지도 못했는데
세월은 흐를수록 칙칙하게 변해 가고

채우지 못한 욕망을 따라
방황한 허송세월이 싫어
돌아온 곳은 조강지처가 지키는 곳
커피보다 숭늉이 좋아 뒤통수만 긁는다

공포(拱包)

항상 문 밖에서 바라보는 그대
오늘은 지붕을 떠받들고
짓눌린 어깨를 맞대어
날렵한 몸매에
꽃을, 구름을, 봉황을 그려 넣고
풍경소리에 맞춰 몸을 흔든다

웅장한 주심포를 벗어나
주두마다 익공으로
또는 화려하게 다포로 매김 될 때
너의 앳된 모습은 수명을 더하여 오래 남는 것

사당이 대궐보다야 못하겠지만
절집에서 자라고
철들어 서원에 들어설 때면
우리는 네 모습을 쇠서라고 불렀다

하앙식(下昻式)으로 팔작지붕에
날렵한 처마 끝을 치켜들어
삼출목으로 짜지면

대목은 흐뭇한 웃음 속에 만족했으리라

상량식을 거쳐
푸른 기와로 지붕을 덮고
맑은 하늘 보며 은은한 향내음을 풍기면
늘 조상들의 혼이 숨 쉬는 곳

풍상에 깎이고
얽은 세월이 기둥마다 새겨진다

*공포(拱包) : 지붕의 무게를 지탱하기 위해 만든 기둥의 장식품

팔월의 숲

아무도 찾아오지 않는
여름 산골의 팔월은
붉은 싸리꽃 그늘 아래에
한가로운 풀벌레가 노래를 부릅니다

참나리 고운 웃음에
호랑나비도 나풀나풀 친구가 되고
어쩌다 불어오는 산골바람에
잠자던 고라니가 일어나 놀러 나오네요

빙그르르 가벼운 스텝으로
춤추며 내려앉는
신갈나무의 꼬마 천사는
맑은 개울물이 맘에 드나 봅니다

싸리꽃 피고
참나리 웃는 팔월의 숲은
여치도 매미도 노래하는
녹음이 우거진 나의 천국이 됩니다

영각의 숲

빽빽하게 나무들이 들어선
조붓한 오솔길에
나무그늘 그림자를 안고
긴 의자 네 개가 누워 있네

등산길에 지친 다리를 쉬게 하고
찾아든 연인들의 사랑의 대화를 승화시켜
신뢰를 심어주려는지 한여름
그늘을 만들어 산바람마저 시원하게 불어준다

산죽의 보드라운 잎사귀가 그녀의 볼처럼 싱그럽게
영원하리라는 굳은 약속이 빨갛다 못해 검붉다
하지만 세월이 만만하지 못함을 알는지 모르는지
옛사랑 이야기가 산을 타고 멀리서 들려온다

죽은 이의 공을 알리는
영각을 짓는 인부들의
돌 깨는 망치소리가
꿈길처럼 공허하게 여름 하늘에 퍼진다

그리 많지도 않지만 적지 않은 약 3,800 수의 시를 써왔다.

평은 후세 사람들이 할 것이고, 지급되는 대가에 따라 심사평의 내용이 다르다 하여 심사평을 생략하기로 했다.

심사평 대신 카페활동에서 얻은 몇 줄의 댓글로 심사평을 대신하기로 한다.

댓글 중에서

허무하고 헛된 것들을 천년의 기억을 침묵하는 그 많은 명언들 잘도 녹이셨습니다.

금방 울고 난 듯한 비릿한 노래로 슬픔의 냄새 말간 비애의 질감이 떠오르다 가라앉은 그리움처럼 세월 안으로 밀어 놓고서 또 뵙겠습니다.

즐거운 주말이 되시기를 바랍니다.

– **정광화** 〈물은 물, 산은 산이라지만〉

가슴을 활짝 열어 첫사랑의 향처럼
행복한 웃음을 맘껏 웃어 보아요.

늘 웃음 속에 머물기를 갈망해 봅니다.
시인님의 시향으로 제 마음이 미소를 짓습니다.
감사합니다.

– 모은 **최춘자** 〈그대 이름이 불리어질 때면〉

야속타 세월을 탓했는데
홀연히 떠나는 모습 바라보며
긴 추억을 더듬었는데
찔레 꺾던 추억 더듬으며
가시에 찔림보다 더 아팠는데
홀연히 떠난 뒷길에 길게 서서
찔레 향기에 취해 가시가 되었는데

– 소화 **고종우**

아장아장 걸어 나온 쑥길
별들이 살던 마을
순한 봄바람에 행복해지는 시간입니다.

– **손문주**

저물어가는 시간의 사색

•

지은이 / 황규환
발행인 / 김영란
발행처 / **한누리미디어**
디자인 / 지선숙

•

08303, 서울시 구로구 구로중앙로18길 40, 2층(구로동)
전화 / (02)379-4514, 379-4519
Fax / (02)379-4516
E-mail/hannury2003@hanmail.net

•

신고번호 / 제 25100-2016-000025호
신고연월일 / 2016. 4. 11
등록일 / 1993. 11. 4

•

초판발행일 / 2022년 8월 25일

•

•

값 12,000원

•

※잘못된 책은 바꿔드립니다.
※저자와의 협약으로 인지는 생략합니다.

•

ISBN 978-89-7969-856-5 03810